Gilbert **Delahaye** ◆ Marcel **Marlier**

martine

à la mer

casterman

• Découvre les personnages de cette histoire •

Martine

Joyeuse et curieuse, Martine adore s'amuser avec ses amis et son petit chien Patapouf. Ensemble, ils découvrent le monde et vivent de véritables aventures. Une chose est sûre : avec Martine, on ne s'ennuie jamais !

Clara

Arthur

Clara est une des meilleures amies de Martine. Elles vont à l'école ensemble et sont voisines : pratique pour s'inviter à jouer le week-end !

Arthur est le petit cousin de Martine. Il passe toutes ses vacances au bord de la mer !

M. Richard

Monsieur Richard est pêcheur. Il peut passer des jours entiers à naviguer sur son bateau. Mais surtout, il connaît bien la mer et adore raconter des histoires sur le fabuleux monde marin !

Patapouf

Ce petit chien est un vrai clown !
Il fait parfois des bêtises…
mais il est si mignon que Martine
lui pardonne toujours !

Cet été, Martine va passer une semaine chez son cousin Arthur.

Clara aussi est invitée : c'est la première fois que les deux amies passent les vacances à la mer !

Arthur les attend au portail.

Tous sont heureux de se retrouver.

« Ouaf ! Ouaf ! » fait Patapouf, qui aimerait bien qu'on lui fasse fête aussi.

Dès le lendemain matin, tout le monde veut aller à la plage.

C'est là que commencent vraiment les vacances !

Chacun enlève ses chaussures pour aller dans l'eau.

– Hum, elle est encore un peu fraîche, juge Martine.

En attendant de se baigner, les enfants jouent au bateau et au ballon.

Mais celui qui s'amuse le plus, à l'évidence, c'est Patapouf !

Quand la marée est basse, on peut construire de beaux châteaux de sable.

– Toi, Clara, tu fais les tours, suggère Martine, et moi, je creuse autour pour faire une douve.

– Et on décorera le tout avec des coquillages !

Quand la mer remonte sur la plage, les deux amies pêchent avec une épuisette.

– Regarde ! dit Martine. Elle est pleine de crevettes !

– Il y a même un petit crabe ! s'écrie Clara. Attention, il pourrait nous pincer…

– Ils gigotent dans tous les sens ! On va les remettre à l'eau, c'est là qu'ils sont le mieux.

Au bout de la plage, il y a un club d'équitation.

Clara et Arthur aident Martine à monter sur un âne.

Un… deux… trois… La voilà à califourchon !

– En avant ! lance-t-elle. Allez… C'est parti !... Tu m'entends ?

Hue, enfin !

Mais l'animal refuse absolument de bouger…

– Décidément, conclut la fillette, il est têtu comme une mule !

Après le poney club, les enfants jouent dans les dunes.

– On va creuser un trou, propose Clara, ce sera notre maison !

Il faut un long moment pour que le fossé soit bien profond.

– Allons nous installer ! crie Martine en sautant dans le trou.

De retour sur la plage, Clara utilise son seau pour faire des pâtés de sable.

Elle les aligne les uns à côté des autres quand, soudain, Patapouf arrive en courant.

– Doucement ! lance Martine. Ou tu vas écraser les pâtés de Clara !

Le petit chien la regarde, l'air vexé... Bien sûr qu'il allait être prudent !

Le soleil est haut maintenant, et il fait très chaud.

Quoi de mieux qu'une bonne glace pour se rafraîchir ?

Martine achète un cornet à deux boules à la fraise et Clara un esquimau au chocolat.

– Et pour toi qui te lèches les babines, dit le marchand à Patapouf, voilà un biscuit !

Le lendemain, le vent souffle fort sur la plage. Un temps idéal pour faire du cerf-volant !

Martine essaie celui d'Arthur. Le losange de toile vole parmi les mouettes. Soudain…

– Mon chapeau !

C'est Clara qui court derrière sa capeline ! Heureusement, Patapouf est rapide comme l'éclair…

Dimanche, Martine va faire des courses au marché.

Sa tante lui a demandé d'acheter des fruits et du poisson.

– Voici trois belles soles ! dit la poissonnière.

La fillette en a profité pour acheter un cadeau pour sa maman.

C'est Patapouf qui le porte entre ses crocs. Toujours aussi serviable, ce petit chien !

Monsieur Richard, le pêcheur, a chargé les enfants de repeindre son bateau.

– Si on faisait une coque multicolore ? propose Martine.

– Oui ! s'exclame son cousin. Avec du vert, du rouge, du blanc et du bleu, ce sera magnifique !

– Peut-être que Monsieur Richard nous invitera à bord quand on aura terminé ?

Bien sûr que oui ! Dès que la peinture est sèche, le pêcheur propose même d'emmener les enfants en mer.

– Protégez-vous bien du soleil, prévient-il avant de larguer les amarres.

– J'ai pris mes lunettes noires, dit Clara.

– Et moi, mon chapeau, dit Martine. Patapouf, viens t'abriter sous mon siège, tu seras à l'ombre…

Le bateau navigue vers le large…

– Ça tangue ! s'exclame Martine en attrapant le bras de Monsieur Richard. On se croirait sur une balançoire…

– Là-bas, j'aperçois un voilier ! dit Clara. Tu le vois, Patapouf ?

« Ouaf ! Ouaf ! » fait le chien, qui lui n'a pas besoin de la longue-vue du pêcheur !

Après une longue promenade, le bateau fait demi-tour pour rentrer au port.

Monsieur Richard allume une lanterne et l'accroche au cordage.

– C'est quoi, cette lumière qui tourne ? demande Martine en tendant l'index.

– Le phare, répond le pêcheur. Il indique le port aux navires, la nuit. Vous devriez le visiter !

Dès le lendemain, les deux copines montent en haut du phare.

– J'ai compté plus de cent marches ! s'écrie Martine toute essoufflée.

Je ne sens plus mes jambes !

Elle s'avance vers le bord pour regarder en bas…

– Accroche-toi à la balustrade ! dit Clara en la retenant par les épaules.

Le vent souffle fort, ce matin…

Quand elles rentrent à la maison, les amies trouvent une enveloppe.

– C'est maman qui nous écrit ! se réjouit Martine. Qu'est-ce qu'elle dit ?

Coucou les filles,
j'espère que vous vous amusez bien. C'est bientôt
la fin des vacances. La maman de Clara et moi,
nous nous réjouissons de vous retrouver !

Avant de partir, les fillettes vont au port pour dire au revoir à Monsieur Richard.

Elles observent une dernière fois les bateaux qui tanguent sur les flots.

Le capitaine d'un remorqueur leur fait un signe de la main.

– On reviendra bientôt ! promet Martine. Clara et moi, on adore passer nos vacances à la mer !

Retrouve martine dans d'autres aventures !

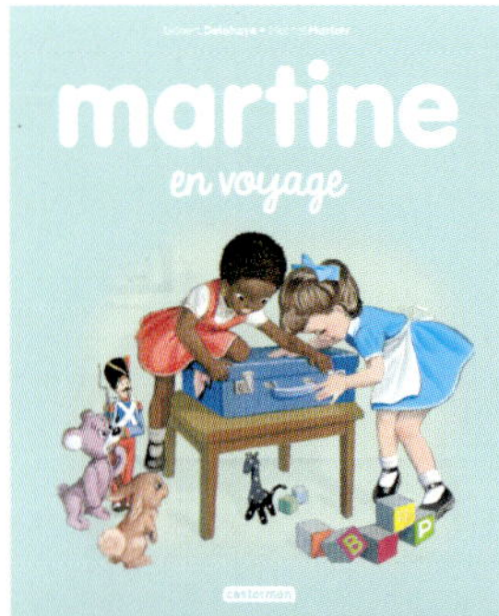

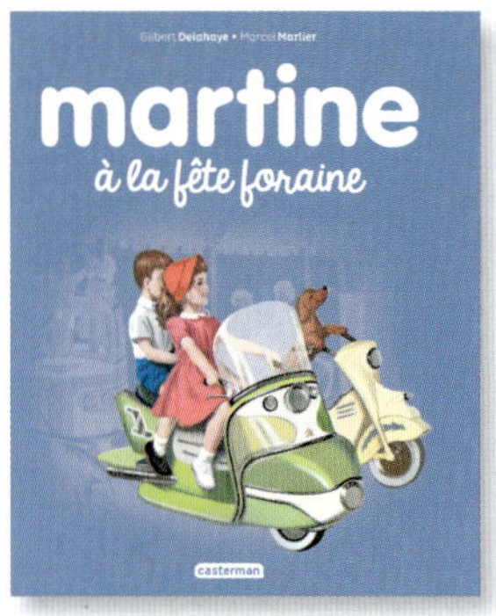

Gilbert Delahaye • Marcel Marlier
martine
garde son petit frère
casterman

Gilbert Delahaye • Marcel Marlier
martine
fête son anniversaire
casterman
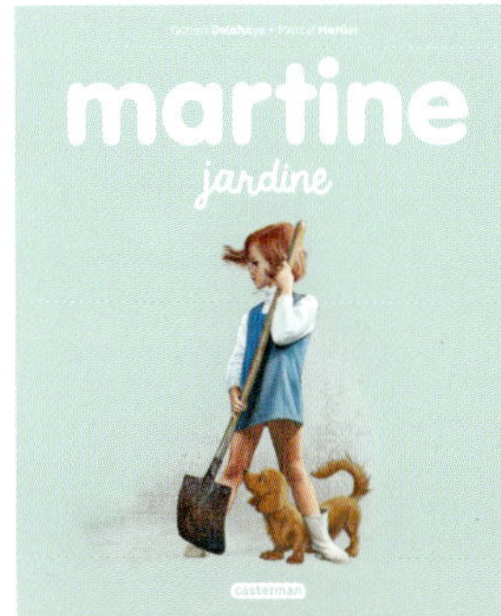
Gilbert Delahaye • Marcel Marlier
martine
jardine
casterman

Gilbert Delahaye • Marcel Marlier
martine
fait du vélo
casterman

martine
petit rat de l'opéra
casterman

martine
à la fête des fleurs
casterman

martine
fait la cuisine
casterman

martine
apprend à nager
casterman

martine
est malade
casterman

martine
en vacances
casterman

martine
prend le train
casterman

martine
fait de la voile
casterman

martine
fête maman
casterman

martine
à l'école
casterman

martine
découvre la musique
casterman

martine
a perdu son chien
casterman

Gilbert Delahaye • Marcel Marlier
martine
dans la forêt
casterman
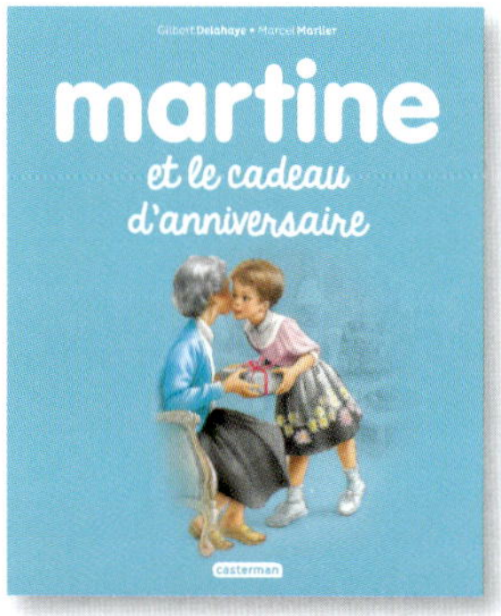
Gilbert Delahaye • Marcel Marlier
martine
et le cadeau d'anniversaire
casterman

Gilbert Delahaye • Marcel Marlier
martine
un mercredi pas comme les autres
casterman

Gilbert Delahaye • Marcel Marlier
martine
la nuit de Noël
casterman

Gilbert Delahaye • Marcel Marlier
martine
se déguise
casterman

Gilbert Delahaye • Marcel Marlier
martine
et les lapins du jardin
casterman
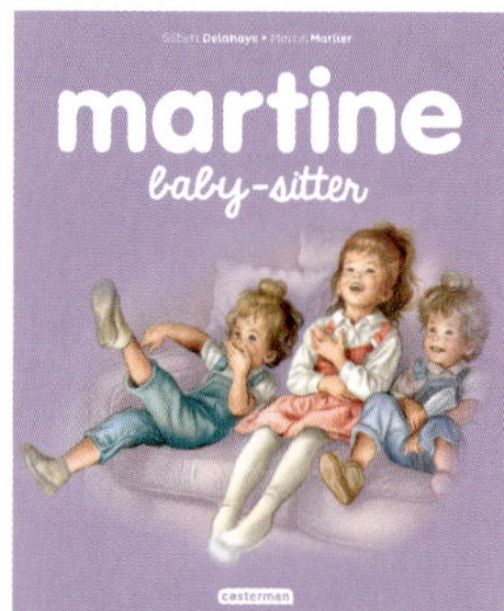
Gilbert Delahaye • Marcel Marlier
martine
baby-sitter
casterman

Gilbert Delahaye • Marcel Marlier
martine
au pays des contes
casterman
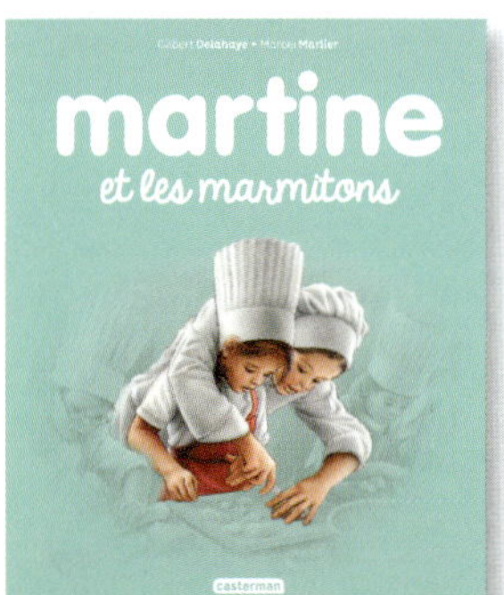
Gilbert Delahaye • Marcel Marlier
martine
et les marmitons
casterman

Gilbert Delahaye • Marcel Marlier
martine
prépare une surprise
casterman

Gilbert Delahaye • Marcel Marlier
martine
l'arche des animaux
casterman
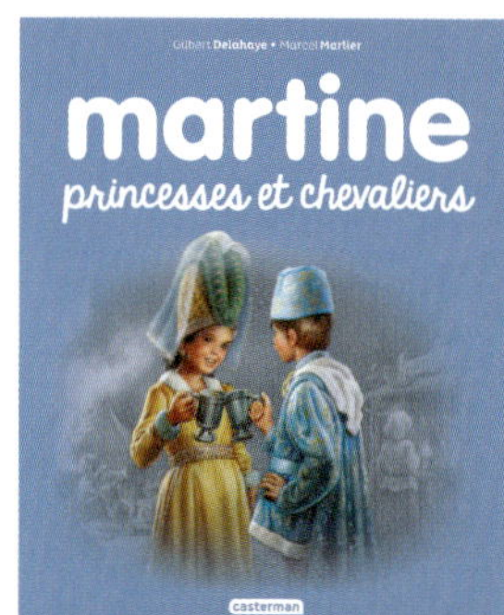
Gilbert Delahaye • Marcel Marlier
martine
princesses et chevaliers
casterman

Gilbert Delahaye • Marcel Marlier
martine
et les fantômes
casterman

Gilbert Delahaye • Marcel Marlier
martine
un amour de poney
casterman

Gilbert Delahaye • Marcel Marlier
martine
la dispute
casterman

Gilbert Delahaye • Marcel Marlier
martine
drôle de chien !
casterman

Casterman
Cantersteen 47
1000 Bruxelles

www.casterman.com

ISBN : 978-2-203-12580-3
N° d'édition : L.10EJCN000610.N001

D'après les albums de Gilbert Delahaye et Marcel Marlier.
Achevé d'imprimer en décembre 2016, en Italie.
Dépôt légal : mars 2017 ; D.2017/0053/80
Déposé au ministère de la Justice, Paris (loi n°49.956
du 16 juillet 1949 sur les publications destinées à la jeunesse).